形雅立詩集

夢遊地

目錄

59 輯二 記遊

推薦序

誕生愛的地方

李時雍

我的手邊擱有一本小書，書封暗紅的像一煨火。它開頭是這樣的：「親愛的米蓮娜小姐：連著兩天一夜的雨剛剛停，也許只是暫時停歇，但仍是令人快慰的事，我將它們寫進給妳的文字裡。」

寫成一冊薄薄的書信集。第一封，寄自一九二〇年春天、義大利北部的小鎮梅蘭（Meran），數月後，戳印隨寄件人回到布拉格。雖說是書信，卻總像一個人的獨白，話語流露對米蓮娜的思念、突然的激情、怯生，或猶疑，爲遠地悉心銘記下這裡的生活、讀書和寫作。信末署名「法蘭茲」，有時是親密的「K」。

多年前曾有那樣的黃昏，我走進南京復興路口的咖啡廳。窗外的暮色，緩長將我收進了幽暗的抽屜。在等待另一個人的數個鐘頭，逐封翻讀，按捺不住的心緒，逐漸重疊上情信的字句。

署名者K，即法蘭茲．卡夫卡。這本《給米蓮娜的信》，是他在一九二〇至一九二三年間寫給戀人的信札。譯者的名字，彤雅立。

回想起來，那或許是二〇一一年的前後，我初次讀到雅立譯寫的文字。六年後的夏天，我從巴黎到柏林、再乘搭長途客車，一路旅行抵達布拉格。幾天反覆走過了查理大橋古老的磚石路，走過石像垂視的日午和黃昏，步行上坡，在黃金巷裡，來到卡夫卡的藍色小屋。

我記得旅途前與雅立回信，信中我說：「夏天安排了假期，將到柏林和布拉格等城市看看，收到卡夫卡博物館照片，已經在期待了。」那段時間，雅立也正行跡於德法邊境，又將從柏林前往波蘭克拉科夫、到舊德語區考察。

最初，係因工作的緣故，和彼此通信，她幫忙我執編的副刊撰寫一個詩文專欄，由此我開始讀她的作品。那幾年，間續郵件往來，後又因某些機緣巧合，雅立成為我偶爾想起的親近之人。

她的詩或像她的人：安靜、內斂、深思，自始便如她自稱的，帶有「邊地」特質。這或也是生命之途，引領她所前往。她曾在《月照無眠》的後記〈樹幹長出了枝葉〉中，難得地憶述這路途若干關鍵的轉折：研究所時期從德文跨足傳播藝術，畢業後進入報社，並開始翻譯德語文學；零六年一趟藏地到尼泊爾、印度的長程旅行，轉變、或謂確立其此後觀看世界的方式：「這場穿越邊境的旅行，令經常關注女性與邊緣的我，更明白自身寫作的主軸。」零八年帶著這樣的心境，出發柏林，拔足越境，一瞬十年。

去年底她寄來籌備中的這本詩集《夢遊地》，收錄的便是這段期間，以詩寫下的邊地歷程，尤其集中於來到柏林後，往來臺德兩地的二〇一〇年代。這些詩句依然保持著靜謐的抒情，節制的思緒；但對我來說，竟也多了一點亟欲敘說的氛圍，恍如卡夫卡來自遠地的信，我按著隱喩、註記的地名，或年份，尋索字句間隙裡具體起來的細節。在峇里島遇見勞動和走船的女孩們。獨自在維也納歌劇院外遠望螢幕投映的小澤征爾。臺北街頭遊樂的紙箱兄弟。雅立關注著邊緣者以邊緣的眼睛，她寫地，柏林、臺北、駛向熱蘭遮城的慢車、漸次乾涸的彰化濕地。她塗描光影如夢，且爲時代記事，柏林圍牆圍成的孤島舊日、一九六八學運半世紀後、歐陸刻正發生的離散故事。她思念著，將那走進夢中的友人銘寫於心。

如果「邊地」和「月照」是雅立前兩部詩集思索的關鍵詞，一指地域、一則是時間的邊境；來到這部詩集，進而匯流爲「夢」的隱喩，夢，是創作的烏托邦，光的背面。

然而在夢與眞實的隱微辯證間，我亦感到邊界對其而言，有了新的意義。我很喜歡〈祕語的蔓延〉所描述的一種神祕語言，沿流水深入植物的根底，雅立寫道，不同語言，糾纏爲同一根莖，終至長成「開枝散葉的樹／獨立於邊境／它站在兩國的交界處／別無他屬／庇蔭卻蔓延」。那是將邊境轉爲近境蔭影的詩意時刻，那必然也是十年之間，反覆穿越邊地如夢界，拋擲、內省，在月夜無眠時琢磨字句的人，回覆給世界的情信。

我想起那年前往歐陸前夕，收到她的回信，談及後來持續面對的卡夫卡翻譯，雅立形容：「卡夫卡所創造的是一種歐洲邊界文學，它永遠存在某些事物之間。」令人深感描述的即她自己，「翻譯卡夫卡除了文字的鍛鍊之外，確實也帶給我許多精神上的共鳴，也許我來到德國，便是爲了翻譯他。」

在事物之間，族裔、語言、家庭、政治的累疊，帶給世人困惑，但事物之間也終將是枝葉蔓延的地帶。

如此沿著《夢遊地》閱讀的我，抵達的，是否再不是邊地？是家嗎？也許，更是詩人以家爲喻的本源，那令人快慰的詞語，她將它寫進給你的詩句：「她正往家的方向／誕生愛的地方／儘管疲憊，雙眼依然明亮」。

代序

懷仰・蘇蜜里之島

二〇一一，印尼峇里島

懷仰・蘇蜜里住在一座美麗的島嶼。島上的人們，皮膚黝黑，性情溫順。就像這座一年四季只有夏日、沒有冬天的島嶼一般。

關於懷仰・蘇蜜里的一切，我們無從得知。我們無從得知的理由，不是因爲我們不問，而是因爲她也無法回答。懷仰・蘇蜜里有一雙厚厚的嘴唇，但她極爲沉默，主要不是因爲她生性寡言，而是因爲，她的島嶼並不允許她使用自己的母語說話。

在她的工作場域裡，絕大多數的人們都使用她所聽不懂的語言。爲甚麼如此？因爲她們生長在一個被異族統治的島嶼。異族抵達島嶼之岸，被那景致所鎮攝。他們大步大步地踩上這塊土地，穩重而踏實，深深地踩進島嶼的每一寸泥土裡。

這名島嶼女子，懷仰．蘇蜜里，她的名姓只存於自己的腦海裡。對於島上大多數的人來說，她並不需要名姓。懷仰．蘇蜜里有一雙美麗而粗獷的手。她的臂相當豐滿，身體有一種堅韌的力量，透過她臂膀的肌理顯露出來。

懷仰．蘇蜜里以她的手工作。每日每日，她專注地使用她的手勞動。當她勞動時，她不說話。當她勞動時，她不說話。當她用盡所有力氣勞動時，她以生命的力氣與手上浮出的青筋說話。

島嶼的風光極好，從懷仰．蘇密里工作的地方看出去，是青山與山頂上的湛藍天色。她的眼睛澄澈，總是可以輕易分辨別人的身體發出的訊息。懷仰．蘇蜜里知道自己的能力，她以身體力學穿越異族的肢體，也讓陌生的異族以肢體穿越她的靈。

懷仰．蘇蜜里在島上，那島圍困著她，她被封裝的自由的靈魂困在她的身體裡。懷仰．蘇蜜里沒有說話，因為她不需要說話，因為她知道她不必要說話。

那島嶼使她厭膩，但是她仍擁有島嶼的美麗，像這一座沒有冬天的島嶼一樣地美麗。那一座，無聲卻堅毅的美麗。

輯一

錄夢

遊夢地

二〇〇五，臺北 二〇一一，柏林

每天都作點神奇的夢
斑駁的、鮮明的、愉悅的、荒謬的
然後看著它們一點一滴在生活裡發生
張著口的訝異吞進了昨天夢裡的彩虹
很是飽足

窗外小小的黎明
引人入睡

二〇〇八，臺北

小小的黎明從窗外升起烏鴉叫了三聲說明牠也很早起清晨五點的天
空漸漸明太陽還沒出來人們已經進入夢境

烏托邦

二〇〇五，臺北

荒謬的環境是滋生創作者的溫床，於是我們在夢裡找到了烏托邦。

窗煙

二〇一一，柏林

窗邊一片置身事外
窗裡一片神話輕煙
彌留彌留
暈眩暈眩
黑色夢見灰
灰色豢養黑
窗邊無所事事
窗裡沒有了煙

時光渦流

二〇一二，柏林

陽光透過樹葉走進記憶的渦流
那美好的與感傷的
成爲長長的眠夢

風吹過殘酷的秋的枝枒
落葉在地面散步
美好的被吹去
感傷的也被吹去

遠地夢鄉

二〇一〇，柏林

他引我離開，到一個很遠的地方；在那裡，我們生火、跳舞，進行祕密的儀式。我們用聲波展示自己的存在，用靜默的動作遞嬗昨日的渴念。水注入深谷，而後消失，宇宙中千百個物體緩緩地移動。薩滿巫領我們進入無重力的狀態，於是我們飄著浮著、似近且退……

我彷彿離開了很久。家在遙遠的地方，微微地發出光亮。

託夢

二〇一二，柏林

那些多想明說卻無法表態的，想投郵卻來不及的——
只有託夢裡的臨時演員，幽幽地傳話

傳說

二〇一三，柏林

不被描繪的夢
在遠處說
她的故事他的運命

昨夜我們再遇
飲酒，眠夢
聆聽神祕的傳說

被陽光打碎的夢

二〇一二，柏林

明亮的光射進了窗，未完的夢漸漸遠離。
我還在那裡貪玩著，雙眼咕嚕地轉動，轉動……
我多想回去，被陽光打碎的，那夢……

聲音時差

二〇一三，柏林

在寂靜的樂音裡我融進了一座島的時間，時針的距離一直在，如同我們年歲之恆定。此夜深深行人漸疏，器樂的聲響沒有結構兀自無止盡地綿延而去。你眼睛裡的夢與更深的思緒飄忽在我暈眩的目光，昏暗的夜生出了你漸亮的晨。時差與距離尚在，靈魂幽幽相會，隱沒在無人的巷道裡。

夜空中的夢

在你熟睡的時光
我偷偷潛入了你的夢
默坐，張望
曾經恐懼的面容
而今像嬰孩般勇敢且安詳
夢裡曾有可怖的聲響
而今或許還有著使人看不透的
黑色月亮

二〇一三，柏林

那黑慢慢遠走
那光自星空緩緩落下
你我微微地縮小
點狀的存在
飄著包覆在一塊

你的夢不再有聲響
卻有撫摸的觸感
滑過嬰孩的臉龐

流光

二〇一三，柏林

光陰悠悠渺渺穿過
時差與葉脈上的河流
花蕊張揚著艷麗的色彩
彷彿城裡的光都被收進來

她的雙足還有昨日踏過的石階
腳印在鬆軟的泥土上證明了
曾經有過那樣的存在
有一雙手也在那石階上撫摸

霎時的停歇
然後進入悠渺的光陰
繼續流

晨曦

二〇一二，柏林

清晨的空氣裡盡是醉人的芬芳，你並未入夢因我一夜無寐。烏鴉正活力地在天空裡吠，這樣的時節有熱度卻也微涼。上一個夜晚的樹葉氣息還飄蕩在風裡，它們被吹進了我的窗，充滿我而成爲滿室香氣。天漸漸亮了，陽光躲在濕潤的雲層裡，它的熾熱被冰涼的水氣包圍，好似在提醒他不要急，慢慢享受罷這四季有味的天光。烏鴉的聲音漸漸地遠了，牠穿過溼氣、香氣與日光所混和的天空裡，越過層層疊疊、微涼的雲，將飛往哪裡去？

半晌，樹葉逐漸被光浸透，風吹著它發出窸窣的聲響。像柔軟的鈴鐺，伴著遠遠傳來幾隻烏鴉的歌唱，這日屬於晨曦的帷幕才放心落下。

做夢

二〇一二，臺北

記憶、現實與未知自由排列
無聲息的對話，沒有顏色的境地

企盼與恐懼滋味像魂靈之舞
在腦中大聲踏步、踏步……

甦醒

二〇一二，柏林

破曉的黎明，沉默的街景
空氣中有鳥鳴的聲音
走過時代，不變的樹影
隨著光的來臨
甦醒

氤——致碧娜·鮑許

二〇一一，柏林

如空氣，被她包圍或我們包圍著她
有其因，有故事，其來有自的劇情
是朦朧，渴欲，謎與祕密
是水氣，是天地餵養的精靈

夜

二〇一二，柏林

夜是無止盡的。它是光的背面。我們時常忘記天亮的時刻，在夜裡恣意地醉。

昨日之夢

昨日之夢
遊歷、漂浮、浪蕩
她綿綿的此生
在熟悉的陌生地歇息

在夢中
與前世的她對話

她懂得她
那綿綿的前生
在夢裡歇息、漂浮、浪蕩……

二〇一二，臺北

光之邦國

嘴裡吐出好多好多的話語
聲音懸浮於四周
夢裡的默劇越飄越遠
我多想念

人們渴望被理解
於是有了發言與溝通
一名老者獨坐山中
如同在深海潛游

二〇一五，臺北

我們在光裡
無須爭奪與辯說
和平的烏托邦
是無有終始
安樂的靜默

靜物畫

昨天她捧著一束花
畫著一朵靜物畫
眼睛裡透著異色的光芒
才看了我一眼
眼神便迅疾地轉向

她手中的捧花
靜默地落在地面上
沒有發出一點聲響

二〇一一，柏林

水族箱

二〇一一，柏林

她的水族箱裡游著
四五百隻小魚
每一條都喝著
關於水的祕密

她的水族箱
裡面有魚
魚兒吃進了她身體裡
流動的神祕

魚兒反覆迴游
裝在牠們肚子裡
那四五百個無解的謎
在水裡膨脹，擦肩
彼此錯身，然後
交織成一座
幽深如黑洞的城堡

幻想時代

那純粹得不能再純粹的
也許正停留在幻想之中
生活如此殘酷於是人們
開始倚賴幻想進入一個
純粹到不能再純粹的美好時代

二〇一二，柏林

她被拋在這個世界的最外

她被拋在這個世界的最外
她總是用文字回敬這裡給她的對待
她的小小腦袋停不下來
思緒總遺留在最外

她被拋在外
觸不見未來
卻也樂得自在
她躲藏著安居在
幻想中的歷劫歸來

二〇〇五，臺北

關於消失的夢

女孩在深處尋找一個讓自己消失的黑點
天色並不黑，她已使自己擁有了
深棕的保護色

她剛失去自己的生命
火葬場的爐子裡熊熊燃燒她的灰
某間姑娘廟在喚她——
來吧來吧
她將自己安置在那裡

二〇一五，臺北

並且感到莫名的安全
骨灰在飄灑
海中魚繼續

她將自己一賣千休，割藤永斷
再無靈魂屬於哪座身軀這件事

女孩夢見魚
自由自在
穿游人間

註：「一賣千休，割藤永斷」爲舊時父母販賣子女爲童養媳或養子女，立契約常用之語。

逝去的愛情

二〇一五，臺北

那一段就這樣被剪去，好像它從來不曾存在於這部電影一樣。

睡夢之遊——
致睡夢中驟然離世的江凌青

二〇一五，臺北

她用一種極為隱秘的方式離開了
這世界　期望與之無涉
卻留下一點痕跡
告訴我們她存在時的處境

她安眠在她的家屋裡
再沒有睜開眼睛

再多的夢境
也不會使她如溺水般難受

她沉沉地睡
遠遠地看
默默地走

當靈魂脫離軀殼的時候
便重獲自由
自由來去
來去遙遠的國

日曜日之夢——
電影《日曜日式散步者》觀後

二〇一六，臺北

像作了一個夢，一場長長
長長，沒有盡頭的夢
說話的人沒有表情，時鐘倒掛著
鐘擺迫他作出決定
他沒有決定，祇是細細描繪
鐘擺與時間的聲音

造夢，造夢
眞空的泡泡
飄浮，飄浮
陸地的縫隙

回聲自遠處的地底傳來
他們都聽見了
只是鐘已停止搖擺

註：《日曜日式散步者》（Le Moulin, 2015），臺灣導演黃亞歷的紀錄片作品。

雨——荷蘭電影《雨》觀後

二〇一二，柏林

雨聲瀝瀝海風徐徐下雨下雨濕的雨滴覆蓋整座城市。岸邊的人靠近船路上的人打著傘呼吸緩慢呼吸天空有樹枝停駐屋簷有流水經過。潮濕的時間帶著它的鏡頭繼續繼續流看無聲的世界行走。

註：《雨》（Regen/ Rain, 1929）爲荷蘭紀錄片導演尤里斯．伊文思（Joris Ivens, 1898-1989）於阿姆斯特丹所完成的紀錄短片作品。

在感官的王國中——
致大島渚《感官世界》

二〇一〇，柏林

在感官的王國中
阿部定找到她自己
欲望的花朵盛開
她激烈地愛著他身體與靈魂的
每一吋
她沉迷於癲狂愛欲
鑿探缺乏的靈魂
一處鄉野間的密室

伎樂與三弦琴
阿部定與她的男人
晝夜無分
滿溢再滿溢
永不饜止的帝國花園
無人知曉，神迷且封閉
蒸騰色與欲的香氣

阿部定的唇總微微開啓
永誌不渝的堅定
「答應我，不許再與你的妻同眠。」
阿部定凝視自己的欲望
阿部定吞噬自己的欲望

他們的渴欲被禁忌包圍
他們的沉吟被窺探包圍
他們用聽覺交換鄰人的逼視
赤裸地在藝伎面前
展現愛
騷動的氣流
無限的迴圈
軍國主義的隊伍與之無關
唯有密室中的愛情
必要恆久地擁有
必要死亡

以銘記這深刻
阿部定將刀含在口中
取下男人的陽具，然後帶走
以他的血，在皮膚上刻畫——
「永遠地合而爲一。」

於是
阿部定
便永遠地佔有
幸福永遠佔有

註：《感官世界》（In the Realm of the Senses）是日本導演大島渚（Nagisa Oshima, 1932-）於一九七六年拍攝，根據日本昭和十一年（一九三六年）震撼社會的「阿部定殺人事件」改編的電影作品。《感官世界》的拍攝由於完全超越日本電影檢查尺度，在國內無上映之可能，因此拍攝之後的沖洗、剪接，乃援用法國資金，於法國進行後製，並以法國電影公司之名義出品該片，一九七六年於法國坎城影展首映，撼動世界影壇，並喚起歐洲的電影檢查爭議。大島渚將愛情、欲望、肉欲與死亡作了赤裸且深刻的刻畫，荒誕的影像美學自成一家。在戰後軍國主義盛行的日本，他以這部耽美的作品回應社會。《感官世界》至二〇〇〇年始得以於日本公映。

輯二

記遊

晃遊街

二〇一五，臺北

灰色塵土寄居在一張老臉的紋路
沿著紋理累積了一層
無法去除也無人搭理的哀怨
臉上的眼神若有所思，同時空洞凝望
無視於人潮與車陣

他所倚靠的皮箱，已久久置於市街之上
行走的路人對它視而不見，趕忙爲了仰望高樓般的明天
高樓的每個窗格縫隙躲藏著細小的人影
他們並沒有一張老臉，卻疲憊而堅強抖擻

如一棵永遠不倒的大樹
天一般高的樓層就是他們沉甸甸的背負

老臉的腿瘸了，他不良於行
所有的家當陪他餐風
昨日的風與今日的風有何異同，他了然於胸
當人們意氣風發地走經過
一張老臉已經預測了明日將來的風暴
你驚懼於他夜宿街頭的能力
其實不過是場無路可退的遊戲

那張老臉在大庭廣眾之下入睡了
他夢見自己的昨日，推著滿載破爛的陋車並且

無視汽車擾攘地穿梭
他的腳步益加緩慢，仿若時光靜默
甚至沒有了往前推進的時間
疾行的機車在城裡晃遊，車速飆快載著憤懣，頓時劃過午後的寧靜

老臉睜開眼，看日光漸隱沒，車河在燈下汩汩川流
此時颳起風，又一層塵土吹進了皺紋的理路
原來眾生與天神，同樣也有無能爲力的時候

在夜空中讀浮世翩翩

二〇一二，香港往蘇黎世的飛機上

他與他們，她們與他。人物懸在夜空，他們訴說，讓我聽，讓我讀。
默默爲他們的命運憑弔，默想人生之悲喜興替。

回聲的墓園

死去的語言在空氣中搥敲
真空的墓園
隱形的四壁將它包圍
它甚且忘了自己的形貌
存在過的時間

它輕喊，很快地聽見了
自己的回音

二〇一二，柏林

默片音樂會

二〇一〇，柏林

一九二〇年代，吸血鬼
吞噬著欲望
男子頸上有血痕
女子嘴角邪淫，輕笑

他們追逐，用徒勞的腳步
呼喊，以黑白字卡
默不作聲的驚嘆號
小提琴嗓音究極

黑白琴鍵張揚
倏而停頓

默片音樂會，中場無歇
女高音耽溺（女子之渴欲）
小提琴尾隨（吸血鬼去路）
巴赫鋼琴一口將男子的血
吸乾了

女子醒來，在第五幕
終結之前
她瘖啞，無語
用腥邪之眼
返照月夜

藝品拍賣會

二〇一〇，柏林

藝品拍賣會，測試市場濃度
造藝者的渴望，買藝人的追求
一次、兩次、三次
量化藝術的搥敲下
掌聲中，遊藝者待價而沽

郵戳

蓋上去了以後它
便要遠走
寄件人的姓名地址將不再

蓋上去了以後
紙上的信息將遞出去
紙短情長
沒有回音
烈陽下的郵差

二〇〇九，臺北

手指黝黑
風塵僕僕　一身綠衣
收件人的指印
紅色的印泥
落在簽名欄

已然模糊的郵戳
化作春泥
在讀信人的眼睛

今夜東柏林有煙火在船塢——記一九六八學生運動四十年

今夜東柏林有煙火在船塢
船塢旁，一排廢棄古屋搖滾樂
癲狂年代革命歌曲
我的長髮昂揚不再回頭去
我們的最後一役必定要勝利
煙火結束，蕭索船塢
特雷普塔公園裡
七〇年代西德喧聲定格
在此暫居

二〇〇八，柏林

——記一九六八學生運動四十年，洪堡大學千人激辯後懷舊小娱

她美麗的中秋節

她美麗的中秋節
小澤征爾滿頭白髮在戶外螢幕
雨中綿綿
買不起票的人們在雨中撐傘吃飯成爲
音樂廳外移動的食肆

噢她美麗的中秋節
撐著黃色的巨大的傘備齊食物只爲了
持續坐在雨中一個人聽音樂
歌劇的劇碼忘記了

二〇〇七，維也納

（費加洛婚禮嗎？）
總之是維也納歌劇院天天出演的那些

她記得兩年前的秋天
在維也納歌劇院戶外
西門子贊助了一個大大的螢幕
裡面也有著一個滿頭白髮的小澤征爾
揮舞著雙手
在維也納的街上
雨中綿綿

她美麗的中秋節
她與她的耳朵，在雨中
月圓人團圓

你走了——
致也斯

二〇一三，柏林

你走了

對這個時代，仍存有憂懼吧？
剛剛離開軀體的你
是否終於在回望之中瞥見了
世界的實相？

你撫摸的大地
正性命垂危地哀嚎著

你的島與我的島
它們擁有一樣的命運

血一般的浪潮
你錯過著
你遠遠看著

註：也斯（1942-2013），本名梁秉鈞，香港作家，於二〇一三年一月五日離世，享年六十四歲。

當指針翩翩越過了下一個世紀

當指針翩翩越過了下一個世紀
微笑與悲傷的人們
紛紛定住他們的步伐
冰封的化石長出千年的髮
戀棧悠遠的過往
又夢想著攀爬

時代的腳步領著指針規律向前
那裡有驚濤巨浪
滾輪般壓過成群的面孔

二〇一三，柏林

世紀開始，世紀終結
化石，金髮
指針翩翩

時代

二〇一三，柏林

她預感著變與動，新與舊
深海洋流不安地撞擊

未來備好了棺材
留給昨天剛剛誕生的

來不及送走手中逝去的嬰孩
已被巨浪襲捲而去

新生兒有天會變成惱人的舊

墳下的幽魂有天會轉成新胎

她感覺著時代的脈膊
她見過眞理背後的幽暗

因此關於變動，她唯有靜看、等待
冬天過後，那時代的花朵

時光切片

再沒有一張枯黃的臉
比她瘦削
沉默的星星在語言的海中
忽明忽滅
聽說有人見過高山上的女巫
她變戲法，穿越天空
水泥屋裡的人們庸碌
乃至於乏味地睡了
平靜的海，看不透歷史的核

二〇一六，臺北

唯有浪濤捲起船隻
而船伕仍順流滑行時
天色才甦醒
萬里無雲

信仰

二〇一二，柏林

誰能大聲說——
是的，讓我來掌管這世界吧！
那響徹雲霄的驚嘆號
發自一名青年的喉嚨
他所信仰的
卻是被蒙蔽的假象
沒有人拆穿

於是驚嘆號繼續流傳
成爲打字機抵擋不了的災難

一名水手的路向

二〇一三，柏林

忿忿不平的渺渺時代
地底有洪流
滲著透著路過帝國主義的邊界
暗暗地發光
折射貧困的街巷
皺褶的臉龐

水手選定了路向啓航
揮手道別後
只見他的背影

漸漸遠離

眾人皆如浮萍飄蕩
他獨醒
默默攀向
祕不可知的灰色源頭

小孩

小孩鑽進了我的肚子裡
讓它變成一個巨大的汽球
鼓脹著，索要著一些愛
它在羊水裡貪玩
用一些動作讓我察覺它的存在
我輕輕地撫摸，說：
乖，我在
我愛

二〇一三，阿姆斯特丹

默坐

二〇一二，臺北

有時候一家人默坐，看著一名嬰孩手舞足蹈、快樂地跳。從沉默且關愛的眼神中，你看見一種嚮往，將童年與愛交織在一起的嚮往。那景象隨年歲的增加而遠去，成爲無法企及也不能重來的幻影。

婦眉

二〇一二，臺北

命途之沖刷，在她的眼角與目色之間，擠壓成淡淡低垂的語言。

慢車聽慢曲

二〇一二，臺南

列車搖搖晃晃，鑽進古舊時光。
臺語女子幽幽地唱，留聲機的曲音慢慢。

慢聲搖搖晃晃，鑽進彎曲的耳道。
輕輕悄悄，鬧鬧熱熱，
唱響了舊時光。

乘自強號抵達異鄉

二〇一二，臺北往臺南列車上

過站不停，駛離月臺。觀廟宇，低低的矮樓，稻田與白鵝。穿越他們。球場少年，賣菜街販，無有關聯地錯身。

列車抵達別人的故鄉，你行走在別人幼時的街。你不帶感傷，只是經過。

月臺

總有些無法跨越的種種
被駛經的列車劃成對半
也有些聯繫彼此的種種
仰仗著這座人來人往
屢被穿越的過站

他們走過月臺軌道
忘卻順向或逆行
起點或終站
隨心所欲
尋覓穿遊

二〇一二，德國漢堡

太陽

二〇一六，臺北

日光漸漸垂下他的臉龐
陰影的暗面，竟也有淚光
美麗的太陽也有說不完的心事
但它依然照亮
讓煙囪冒出的裊裊炊煙

不至於在黑幕中消失了形影

事物皆存在著，在光明之中繼續長成
當夜來臨時，我們不致缺乏
而記憶中總有那
低垂不語，默默照亮世界的
美麗太陽

腐朽

二〇〇五，臺北

那一室的腐朽之氣。滿室的腐朽之氣。

時間

沉默
停放在胸前
排成長長一列
結尾與融化的雪
帶著望遠鏡
回看無聲走過的昨天

路途遙遠
字句仍留在唇邊
未落

二〇一二，柏林

火車徐徐走過鄉野
駛向另一個明天
沉默繼續
收納所有感覺
像時間吃進了樹葉

謎語

二〇一二，柏林

話語在車廂的口袋行經了幾條鐵軌，它們輕輕落在車輪下的石子路，像水般滲透到更深的土裡。

無人看顧撿拾，語言用表情做出了一個有關死亡的特寫，說話聲被土淹沒——轉世投胎。字詞分解成潮濕覆在土壤的液體，從此埋住了前世的祕密。

沉吟的病室

如嬰兒般牙牙學語
頌唱再頌唱
然後傾斜　低吟
靈魂闖入了他的身軀
穿越生與死、明與暗
無悲亦無喜
狂嘯或靜止

一座沉吟的病室

二〇一三，臺中

當靈魂離開肉軀

當靈魂離開肉軀
它便能更接近
生命中曾被阻礙過的
種種航行

有時它更加自由
更加輕盈
看得最是清晰
通往天堂的道路
是它的歸途

二〇一五，臺北

一雙勞動的母親的手

二〇一五，臺北

黝黑的皮膚底下
劃著一道一道
經烈日與風霜錘鍊過的
皺摺

她在千千萬萬
勞動的人群中揮汗
沒有待說的言語

每每我問，妳好嗎？
她總向後退卻
頭低低，不敢直視自己的心靈

她怯懦又堅強地生存
儘管人們無視於她的存在
那汗水一滴滴，落下旋即蒸發
走過的行跡，後來者繼續踏過

烈日當頭，她與蒸騰的空氣融爲一體
任由車流經過
太陽下山，月緩緩升起

疲憊的步履持續前進

她正往家的方向
誕生愛的地方
儘管疲憊，雙眼依然明亮

她黝黑的雙手
又開始無悔的勞動
如夜晚繁星微小的一個點
默默閃爍

紙箱兄弟

二〇〇七，臺北

是一個傍晚，天已經黑，公車載滿了人群行駛在大街，下了班的人們快步行走趕赴下一場約，或者接他們的孩子下雙語幼兒園。

兩個小孩坐在紙箱裡遊戲，在臺北市某條主要街道的路邊。他們赤腳，躲在裡面，專注著彼此。我們是兄弟親暱無間。

父親就在附近，車子停在街道與巷子口的交界。車很大，比街道上任何一輛車都長。是紙箱滿載在車上，風塵僕僕一如父親身體的黝黑。父親的指甲上並留有垃圾的髒污與餘味。

紙箱兄弟自己製作玩具，拿起一張硬硬厚厚的小紙片。他們喧嘩，放聲大笑。哥哥的天藍色的小學運動褲，顯示了是剛剛放學。

車輛疾駛在街道，紙箱兄弟的笑聲淹沒在大街。

坐在巨大的紙箱子裡面，他們創造了一個私有的兒童樂園。他們在黑色塑膠袋、空瓶子，以及破舊的雨傘之間，盡情排演。

巨大的紙箱裡有廢棄的鉛筆盒與廢棄的撲克牌紙片。主要街道上有高樓大廈與歐美服飾名店。一些孩子正陪著優雅的母親逛街。人們視若無睹地經過紙箱與父親雄偉的大車前。

父親的膚色黝黑，他揮汗，在近傍晚的夜。終於，紙箱在大車上堆疊到不能再堆疊。父親說，該走了。最後將紙箱兄弟的兒童樂園折疊成一個平面，放在大車的最上面。

紙箱兄弟正使用地板上的方格作爲起跑遊戲的原點，他們依依不捨地離開街旁遊樂場公共空間。坐上父親的大車，屁股底下是他們的兒童樂園，在移動中，暫時性地成爲一個平面。

輯三

寫地

紅桃樹在，紅桃樹不在

二〇一〇，柏林

她說，她在
手中捧著一顆紅桃子
站在桃樹下

時光躺在她的腳底
土壤被空氣鬆動
她在紅桃子裡
回到最初的靈魂誕生地
她在，她說

紅桃子捧著她的心
桃樹已經不在

鬥雞

二〇一一，印尼峇里島

倆倆怒目相視的雞
住在籠裡
等待島上的男人爲他揭開生命的競技地
羽毛雞冠矗立
出演肅殺氣息
競技開始——
雞奔，出籠，互鬥，殘殺

一場具有存在感的生命拼搏
在島嶼男子的注視下
搬演，持續

四月穀雨

雨的聲音，土的氣味
鳥鳴與音樂，在城緣
渾然天成的交會

二〇一二，柏林

盆緣望霧

二〇一二，臺北往臺南的火車上

逃逸於盆地之外，登高，攀巖。期盼抵達高處，掙脫那籠罩不散的霧。

信步，朝向水源，清澈的溪流俯衝而下。她看見源頭，看見因果。

在距離臺北盆地甚遠的那來處，以悲憫的眼睛望霧。

黑洞

二〇一一，柏林

冰涼，沒有溫度。閉鎖在夜晚的山間。黑色山洞垂頭，不語，默默注視它的內裡。

夜聽

二〇一二，臺南

在黑暗中，聲波愈加顯著了。
眼睛不再派上用場時，聽覺竟變得如此明晰。
而入靜夜，聽覺也不必要時，心音便更加專注地跳動了。

圍籬與火車

鄉間一處圍籬
被火車遠遠遠遠地凝視
那目光漸漸遠去
與地平線的夕陽連在一起
圍籬陌生地隱沒在綠色的村莊裡
成爲小小的一個點
風景圖裡總是有圍籬與火車

二〇一三，柏林

卻不知道那只是
移動的車廂與沉默的圍籬
眼神交會的瞬間

祥興咖啡室

這裡適合一個人消遣
一個人解悶
兩個人消遣
兩個人解悶
三個人以上消遣
三個人以上解悶

夏日涼爽的
祥興咖啡室

二〇〇三，香港

島上的黃昏

二〇一二，臺北往熱蘭遮城火車上

福爾摩沙島上，日月交替之間
緋紅色的彩霞，綻滿天際——
乃至於淡紫與淺藍

在日未落下，月未升起時
透亮的黃昏之色，漸漸在行車的路途上
沉寂隱沒於灰——
黑

雪景

窗外細小的雪
綿綿地覆蓋
在村莊
屋簷的紅瓦上

是早冬了
家鄉的月亮剛滿
節氣是十月雪
星期天，日光遲起且早寐
我踏著晨霧的星光走向鎮裡

二〇一一二，柏林

看著天亮起，聽著零星的人群
小圓麵包，以及徐徐煮沸的咖啡

報紙翻頁，伴著腳步
走過時間
天亮，下雪
天暗，下雪

靜靜覆在心底的魚
牠的海尚未結冰
橋上還有瑣碎的步伐
叩—叩—叩

戴著絨帽的女人
沿著街旁獨自走向藍色的海洋
手中握有中古世紀的錢幣
祈求著上蒼
讓她找到那好久好久以前
陪著她路過森林
卻又離她遠去的魚

她城之歌

二〇一六，臺北

那和煦的天氣永遠是這座城市予人最盛大的
款待方式
除去這點，剩下的便是
昨天的散步，雨後的麻將聲
狗吠加上一些些的
卡拉ＯＫ

一名寂寞的母親正試圖歡唱
卻想起了缺席的夫與失聯的兒
於是街上傳來的聲音
是她淺淺的悲歌

幾名登山的中年女子
帶著野餐，路上談心
自然的氣息充滿心靈
她們並肩邁向即將到來的銀髮年代

一名瞞著父母而成爲同志的女同志
她與她默默住在一起，等待有朝一日

政府明令合法的
同志婚姻

母親們渾然不知，或心有畏懼
從媳婦到媳婦，再到給女兒討媳婦
神經的撼動有如颶風來臨

或拾起綠川邊的一本書
聽聽溪水與蟬鳴
慢慢散步

那些過於嘈雜的車陣
自認最美的歌聲

誘惑的麻將
都逐漸降低了它們的音量
退回到記憶裡
成爲睡夢中一再而再
反覆出現的光亮

北海皮箱

二〇一二，呂貝克往柏林的火車上

海風輕觸，空氣中有鹽覆在皮膚
你走過童年的岸，帶著一只皮箱
裡面有久長的記憶——
爐火燭光，翠綠的青草旁
生活過的剎那不再復返
你只有領著那眼睛所能及的事物

收藏再收藏

北海風大，天空很藍
你的皮箱飄到了北邊的岸上
你時不時回來這裡探望
尋找爐火與燭光

陽光和煦，一個影子在海中央
它摸索著你的孤獨
你們對話童年的遺憾與成長
還有那株年代久遠的樹

你在東城——為柏林圍牆五十年而作

二〇一一，柏林

騎著自行車，你越過橋，越過河水，靜靜回到你的東城。
無論城裡多喧囂，它們與你是兩個世界。
你在東城，遠眺市中心的燈火，悠悠的神色領我跟隨。
月亮出來了。你在東城，我在城西。（她飲醉，她飲醉）
你的幼年有越不過的橋與河水。你在東城，內心狂躁地想像城西的樣貌。越不過的，都被一道巨牆阻擋，牆上有鐵絲網、哨兵與槍響。你在東城想像未來的新娘。那些投奔自由的烈士偷偷越過河水被槍殺，血染沒有邊境的水流城邦。他們紅色的呼吸順流而下，沃養了東城到西城的土地，於是綠樹長出了血色的葉與花。五十年後它仍快活地生長，護蔭著你前行。在你的自行車輪吻過邊界時，仍可聞到血色的鼻息。祕密警察、愛國主義與農村公社，在圍牆旁，你忿忿竊聽城西的自由廣播。

由城東開往城西，你覺得自己摩登了些，卻知道這曾是一座孤島。自由國度西柏林，鎖在東德的板塊上，怎麼走都會有終點，會有警察與哨兵阻止你跨越自由與獨裁的邊界。

圍牆倒塌增加了你的年歲，你仍舊活在你的城東。河水靜靜穿越，市中心的燈火離你遙遠。歷史的河水悠悠地在你的身體流。你領著來自城西的新娘（她總說她童年的自由有邊界），風吹著，你們飲醉，順著葉的陰影駛進月眉。

濕土美地之濱——記彰化大城濕地

沿著小徑前進
陽光親吻泥土，雲朵親吻花香
微風親吻白鷺鷥，魚兒親吻海洋

以雙腳撫觸濕地，用雙手呼喚海水
赤腳在地，行走濕土，蟹在腳之濱
再過不久，濕土之上

二〇一一，彰化

也許將要蓋上一座工廠
名爲石化
將要髒污土地與空氣

於是白海豚不再有家
雲朵不再親吻花香
微風尋不著白鷺鷥
彈塗魚消失在海洋

試問
這片有陽光親吻的濕土美地
能不能永遠留下？

一個國度

二〇一二，柏林

陽光落下來，打在人群的臉上。有些人疲憊滄桑，有些人則面無表情。在這個國度，有極富與極貧，極樂與極悲。是眞的極樂嗎？也許是眞的，但卻短暫。是眞的極悲嗎？也許有些人已無能感覺哀傷。

有些笑容，並不使人感覺眞實。有些災難後的悲哀，在他們的臉上悄悄定格，成爲無法移除的記號。

一些人平淡地笑著坐者，溫暖地遞上善意的微笑。

一張血親的家族照片

二〇一二，柏林

她不知道自己的名姓
也不知道自己的父母親
打從一出生
她便在異邦人的懷抱裡
被養育，被疼惜
她沒有學過自己的母語

她錯將異邦人的母語當成自己的來源
然而她與他們的頭髮、膚色
甚至思想都大有差異

她沒有祖國
她沒有母邦
她在他鄉，豢養著自己的故鄉

她說著異邦人的語言
她沒有家族照片
血緣於她是陌生的畸零事物
她擁有白種人的國籍

她擁有黃種人的顏色
她是謎，身體裡有異邦與祖國的神祕交織

一張血親的家族照片
震撼著她——
母親懷抱著女兒
那親炙，那渴望

她沒有親生母親
甚至不曉得何以他們生下了她
也許有太多不得不
至少他們沒有將她溺在河裡
至少他們生下了她並且

找到了一所孤兒院

她擁有西洋的名姓
非自願地

自有意識以來
她便認同著自己的
名字、語言與國家
雖然這本不屬於她

那麼她本屬於誰呢？
她不知道，她說
由於不可知的原因
她被迫與自己的本源徹底剝離

那時候　她的母親該流著血吧
那時候　她的父親還在嗎？
那時候　她是否飲過一口母親的乳汁
僅只那麼一口
在她出世的第一聲啼哭時

這些都僅只是想像了
它們成爲恆久的身世之謎
使她夜夜夢見
那看不盡的深邃
不可解的
困惑與深邃

逃過一劫的血

那逃過一劫的血
流在她的臉
眼睛
骨骼
與掌紋中

母親依附著異鄉的男子
構築本源的家
中美洲的兩座島
是她的歸屬

二〇一二，盧森堡

半個流亡者，與一個浪遊人
就停留在島上
綿延那逃過一劫的血
當然她不會有祖母那般
倖存者的表情
因爲她正活在一個歡欣
有陽光的國度
逃難
這歷程太艱辛
她無從想像起
只能聽

當有人注視著她既棕且藍的眼睛
同時搔頭意欲
詢問她的來歷時
她便再一次活過母親與祖母的
民國時期

然後在陽光下唱出
一九四〇年代，祖父母
從中國沿海乘船逃亡
避走他鄉的
家族遷居史

走船少女

走船的女孩少有笑意
她被圍困在小島與岸間的海灣
天空開闊，海水無邊
她年幼且深邃的眼
卻怎麼也望不盡人生的彼岸

小船在搖擺中靠岸
暫流的人們穿過
女孩的眼神早已垂老
看顧親暱卻厭膩的故鄉海

二〇一一，印尼峇里島

一間（女子的）臥房

二〇一二，臺南

那一推開便嘎嘎響、風吹來便發出聲的老木窗，從前是誰在望著它呢？天花板上的舊木燈，淡淡的暈黃寫在屋子裡的紅色傢俱上。那小小的封建與小小的自由都被那暈黃給朦朧地罩上。在這間隔牆可聽見聲音的臥房，有多少囈語、私語、不可說的家常與噤聲的吶喊？興許這裡曾住著某位待嫁的二女兒——她馬上就要放棄父親的姓，改從她未來夫婿的姓氏。興許她對那還沒到來的未知的將來，企盼、欣喜且哀泣著……

窗外的夜雨滴滴響，打在屋簷上。

石刑女子

女子犯下滔天大罪
上主阿拉極爲不悅
男人們依從律法
宣判她死
以大小不同的石子丟擊
令她緩慢殘忍地死

她祈求她的上主原諒並且垂愛——
我將徹底保有貞節
並與其他妻子共同歡悅一名丈夫

二〇一一，臺北

另一名伊斯蘭女子罪名尚輕
她僅僅逃脫於窗緣
便被家人逮捕並且處以私刑——
斷手，割鼻，瞎眼

石頭無情毀壞女子的皮膚與面容
擊打她的軀體
摧殘她的魂靈
命她悔改
徹底悔改
亂石使女子一點一點地接近死

她流下的眼淚被黑色面紗掩蓋
她的情緒終生不許被觀看
直至死亡以後的遙遠以後

女子被處以石刑
她將斷氣
以再也無法站立的身姿
在土穴裡
與男子的恨意
一同掩埋

註：石刑爲伊斯蘭律法中的一種極刑。已婚者犯通姦罪，可判處亂石砸死。

當列車駛近歐陸

二〇一五，柏林

當列車駛近歐陸
脫離了爭戰與砲火
車裡的人懷著忐忑與一絲希望
車外的人害怕與之相異的類屬
有人開始建造圍籬
有人阻擋列車進站
有人甚至在無人注意的時刻
進行或大或小的攻擊
女總理說：

對種族主義零寬容。
寬容，一直是這個國家的語彙
對移民寬容
對異類寬容
種族多數對種族少數
有些近乎上對下的
容忍

我於是想起了
有一種至今仍存的臨時簽證
名曰容忍居留
彼時，每個猶太人都擁有過

哭泣的聖母堂——誌德勒斯登反伊斯蘭遊行

在夢裡
德勒斯登的聖母堂爆炸了
伊斯蘭恐怖組織靜悄悄地發出
威脅的訊息

新聞裡
德勒斯登的愛國者遊行取消了
因爲遊行的首領在暗殺的危險中吶喊

二〇一五，柏林

漢堡港的晨報辦公室被燒了
因爲一次的查理漫畫轉載
惹怒了伊斯蘭信徒
一把無從證明的無名火
將辦公室徹底燒燬

耶穌基督與眞主阿拉
祂們的信徒卻永遠敵對
抵禦與攻擊取代了和平
我們都喝下了衝突的苦酒

每個星期一
歐洲愛國者群聚

在教堂前高喊
離開！異教徒！離開！
祖國！孩子們！保衛民族！

街角的難民無處可去
他們被置放在昔日的集中營
納粹，民族主義，猶太
這些字眼飄浮在空中

一名亞洲老婦
倚著輔具行走
在即將登上公車時
有意無意地

被一聲巨大的搧響
揮了耳光

無人知道是誰揍了她
下車人潮魚貫
她只有帶著驚恐的眼神
告訴空氣
她在異鄉始終遇見的事

若是聖母目睹這一幕
她是否會垂憐
並且哭泣？

從島至島

文／彼得・魏斯（Peter Weiss, 1916-1982）

二〇一四，譯於柏林

我乘帆船向前飛行，清晨白色的鳥，沐浴著陽光與風，遠離黑夜的暗影。沉重且擾人的思想誕生在無眠的時刻，它們像石子般自我身上落下。向上飛升，向下浸濕，浪花的鹽將我浸潤，我發出笑聲，風將它往前吹去。

眼睛看見——亮光，亮光；我看見帆船翼耀眼的光輝，金色的太陽，銀藍的天空，還有珍珠般的雨水。

耳朵聽見——旋轉的陸地呼嘯，海洋的鐘鈴作響，以及帆船與桅杆上歌唱的風聲。

身體感覺——我在飄浮，我在飛翔，這裡沒有邊界！

航程抵達目的地，岩島被洶湧的海水包圍，我們著陸在岩塊上。沒有樹，沒有屋，只有光禿禿的岩石與深深的岩溝，它們如高塔般一一排列，像石化了的浪濤。

岩石的牆面被磨平，冰河時期的冰川將它鑿空，岩溝裡盡是被沖刷的卵石、海藻與沖積物。我們看見木條、桶子、箱子、船身殘骸、奇形的木塊、飄浮的軟木塞、蝸牛、彩色的石子與白色的鳥骨。山坡上有小小的刺柏樹，紅色的花楸樹閃閃發亮；蛇攀爬在乾枯的苔蘚，窸窸窣窣。我們向上爬，狂風拉扯我們的衣裳，目光自由地瞥向海洋，瞥向稀疏的海中小島與礁石。我們看見水與陸，路面崎嶇，天空無界。

我們乘帆船返程如歸鳥，此時太陽已高懸。

夜晚已遠。

既遠且近。

註：彼得．魏斯爲德裔瑞典籍作家，作品包含劇作、小說與電影，本文爲其散文詩，收錄於彼得．魏斯作品集（共六冊）之第一冊。一九九一年德國索爾坎普出版社出版。

祕語的蔓延

有種神祕的語言
它沿著河水流下
灌溉了田野
進入了植物的根

有時它碰觸到另一種語言
與之敵對，與之糾纏
終至一同進入
植物的根

二〇一五，臺北

開枝散葉的樹
獨立於邊境
它站在兩國的交界處
別無他屬
庇蔭卻蔓延

沉睡的島嶼

一座火山島嶼
在力的交界
她被推移
隆起成爲族人的大地
高聳的神木
銘刻著她的過去

那座陰性的島嶼
繼承父系的名
傳唱他變換的歷史

二〇一二，柏林

與母親滄桑的命
她彷彿沉睡千年
只爲了等待後來的際遇

她是族人的屬地
火山邊緣
醞釀高熱的力
她餵養她孕育
一代又一代
繁茂斑斕的青草地

盆地驚夢

二〇一六，柏林

在輕巧的盆地裡熟睡了一世紀
夢醒時已改朝換代
家門前的狗植入未來晶片
牠學會見怪不怪，不輕吠

牆上祖宗的白髮兀自發白
黑白相片就讓它活在過去
記得他當初不也是因爲叛逆
就這麼揮別鄉親，踏上小船

沒有復返的日子長嗎？
身爲子孫，我答不出來
那是好久以前的事了
我何曾懂得祖先的歸鄉路

父親曾說：日久他鄉是故鄉
當你閉起眼睛時，會想起什麼地方？
是父親的島嶼，還是祖父的大陸？
我看著家門前的狗，牠不吠

昨天的殖民歷史猶在眼前
更早之前則是戰爭的驅逐史
母親不懂歷史，她只管錢

錢使人快活，城裡商人無祖國

當歷史擊中我們之後
我們才從夢中連根拔起
用毛細孔感受盆地的微風驟雨
那片湖沒有了水
物換星移昨是今非

剛剛驚醒的人並不喊叫
他知道湖已成盆地
於是乾脆丟掉他的槳
跨出停在地面上
一動也不動的船

印記

二〇一一，柏林

這座島，這座島嶼
有一些印記
她是被海洋包圍的港
她是自己的家鄉

先民在這裡長成然後離家
先民來到這港並且留下
這座島，擁有島嶼的記號
在擺渡人的船上流浪

這座島，是一個印記
是陸地神祕地通往海底的印記
島的漂浮與輕
來自大地之床
綿密的泥土與推擠的力
讓她突起，亭亭玉立

島嶼隔絕了所有的陸地
彷彿大地的震盪離她遙遠
她被海圍繞，軸心有浪潮
滾滾襲來，無人知曉

她仰躺的姿態像是了無重力的飄浮

她豢養著心靈的重與身體的輕
大地的泥土使她堅毅
天空的氣息使她作育

這座島，有生生不息的綠
島嶼的子民一代一代
生長，死亡，輪迴復始
時光的印記封裝在島民的靈魂裡

後來他們成了祖先，遙遠地回望海中之島
痛苦的掙扎的歡愉的
都變成記憶，變成代代子孫靈魂裡的血液
當他們回到海濱之港

靈魂的血液便開始迴流，迴流
神祕地流向島的初始

海水拍打著岩石，卻沖刷不掉
歲月埋下的封印
水面下，島嶼生命的記號在閃爍
（一道光線穿過水面，進入幽深的千年洞穴）
渾沌不清的故事
從這裡開啓

代後記
真實的夢境

我們看得見世界的眞實嗎？有時候，海水的青綠與湛藍，往往只是因爲陽光的折射。那光，折射在各種地方，產生出奇異的顏色變化。我們身在其中，覺得炫目，然後忘記了它本來的面貌。有些聲音因爲過於嘈雜，而掩蓋了其他聲響，致使我們感覺，那便是事物的本來模樣。可那是本來模樣嗎？事物根本沒有本來的模樣。它穿著睡衣或者華服，彰顯出各種另一角度的人們看不見的姿態。有時，一陣風把眼見的事物吹散，那地方好像本來就空無一物。沒有人知道消失的東西去了哪裡，也無人過問剛剛的風。那不過是生命的變化，我們只看著前方。

我們看得見世界的眞實嗎？當我們連昨夜的夢都看不清，連夢中如此眞實的角色都無法說出它的名姓——那或許是通往眞實的祕密——可是我們卻啞然失聲，再也無法睜開眼睛，想像那眞實。有時變化教人無法感受眞實，它來得太快，像陽光戳瞎了我們的眼睛。

二〇一四，柏林

這個世界正無盡轉變。我們處在運轉的軸心，而不自知它的速度正一步步地加快著。窗外的鳥仍然自夜晚唱到清晨，海洋裡的魚類不知何故慢慢死去。遠方與近處的消息，以我們無法判別的速度，將我們縛住。獨行的老人目光呆滯，時而停下，或枯坐在板凳一整個下午。風吹到他的身上，他沒有感覺。他的腦中只想著自己已被遺忘。青春的人們嬉笑走過，他們的視線輕易越過老人的臉龐，笑鬧的聲音淹沒了老人的嘆息，又或者他始終沉默。年長者，試圖在他所站立的土地上證明自己的存在，在地球公轉的同時，他也以尊者的姿態自轉著。這些移動中的人與物，有時相遇，有時擦肩，更多時候它們並不認識彼此，卻在生命的某一時刻以某種隱祕的方式深刻相連。他們看見彼此的表象，試圖穿越表象以提取想像的內在。他們不斷地猜測、挖掘彼此，畢竟在這世上，人總要了解比鄰而居的他人。

一種向前的推力與停滯的拉力，相互敵對著。糾結的情緒在其中流動擺盪。說到底，人們無能面對與自己相異的一切想像。這世界對每個人所展演出來的，竟是如此不同的面貌；從而有爭戰，有論辯，世界在掠奪之中不斷變化遞嬗，無人注意那些曾經慘烈發生過的戰鬥。甚至當先祖們自幽界來到夢境，給予我們一些關於生命的暗示，我們也當它是場噩夢而試圖遺忘。然而，擺脫不了的，往往是歷史加諸於我們身上，教我們改變命運的那冥冥中的力量。

附錄

詩文發表列表

代序〈懷仰．蘇蜜里之島〉。2011.9.28《人間福報》（應全球華文文學星雲獎之邀所發表之小品文）。

輯一〈烏托邦〉。2012.2.29《人間福報》副刊週三截角詩，原題〈得獎感言〉。

〈窗煙〉。《吹鼓吹詩論壇十四號．新聞刺青》，臺灣詩學季刊雜誌社出版，民國 101 年 3 月。

〈遠地夢鄉〉。2012.11.16-11.25 展覽於南海藝廊「詩文之家屋．文學跨界展演計畫」（展覽名稱：《月照無眠詩聲雜誌》）。

〈託夢〉。2012.3.21《人間福報》副刊週三截角詩。

〈靜物畫〉。《吹鼓吹詩論壇十四號．新聞刺青》，臺灣詩學季刊雜誌社出版，民國 101 年 3 月。

〈水族箱〉。《吹鼓吹詩論壇十四號．新聞刺青》，臺灣詩學季刊雜誌社出版，民國 101 年 3 月。

輯二〈在夜空中讀浮世翩翩〉。2012.4.18《人間福報》副刊週三截角詩。

〈回聲的墓園〉。《吹鼓吹詩論壇十六號．氣味的翅膀》，臺灣詩學季刊雜誌社出版，民國 102 年 3 月出版。

〈默坐〉。2012.4.11《人間福報》副刊週三截角詩。

〈婦眉〉。2012.2.15《人間福報》副刊週三截角詩。

〈腐朽〉。2012.2.22《人間福報》副刊週三截角詩。

〈時間〉。《吹鼓吹詩論壇十六號．氣味的翅膀》，臺灣詩學季刊雜誌社出版，民國 102 年 3 月出版。

〈謎語〉。《吹鼓吹詩論壇十六號．氣味的翅膀》，臺灣詩學季刊雜誌社出版，民國 102 年 3 月出版。

〈紙箱兄弟〉。《第三屆臺北縣文學獎得獎作品集》，臺北縣政府文化局出版，2007 年 11 月。

輯三〈紅桃樹在，紅桃樹不在〉。《吹鼓吹詩論壇十四號．新聞刺青》，臺灣詩學季刊雜誌社出版，民國 101 年 3 月出版。

〈鬥雞〉。2012 年 3 月《新地文學季刊》第十九期。

〈雪景〉。《吹鼓吹詩論壇十六號．氣味的翅膀》，臺灣詩學季刊雜誌社出版，民國 102 年 3 月出版。

〈黑洞〉。2012.4.25《人間福報》副刊週三截角詩。

〈夜聽〉。2012.4.4《人間福報》副刊週三截角詩。

〈走船少女〉。2012 年 3 月《新地文學季刊》第十九期。

彤雅立詩集

夢遊地

作者　彤雅立
編輯　林聖修
設計　吳睿哲
行銷　劉安綺
發行人　林聖修

出版　啓明出版事業股份有限公司
地址　台北市敦化南路二段 59 號 5 樓
電話　02-2708-8351
傳眞　03-516-7251
網站　www.chimingpublishing.com
服務信箱　service@chimingpublishing.com

法律顧問　北辰著作權事務所
印刷　漾格科技股份有限公司

總經銷　紅螞蟻圖書有限公司
地址　台北市內湖區舊宗路二段 121 巷 19 號
電話　02-2795-3656
傳眞　02-2795-4100

ISBN　978-986-97054-6-2
初版　2019 年 2 月 11 日
定價　新台幣 380 元　港幣 110 元

國家圖書館出版品預行編目（CIP）資料

夢遊地 / 彤雅立作．-- 初版．-- 臺北市：啟明，
2019.02
面；　公分
ISBN 978-986-97054-6-2（平裝）
851.486　　　　108001362